歌集 続 北極星（にぬふぁぶし）

砂川正勝

挿し絵　砂川佐知子

文芸社

目次

I 旅の思い出 7

Ⅰ

旅の思い出

回遊、小田原江之浦測候所

令和三年一月NHK全国短歌大会近藤芳美賞入選

黙然と明月門に近づけば吾を導く石板の道

屋久杉の大テーブルの年輪に千年生きし魂を知る

回廊の彼方に見えしシルエット海より来たる人魚の如し

眼下には波静かなる相模湾ガラスの舞台に陽光跳ねる

穿たれし天平の石鎮座する園庭に見る幻の甍

湾の上百メートルの回廊を夏至の太陽隈無く照らす

結界に石柱凛と屹立す殺生禁断諭すが如く

丘に立ち江之浦の園俯瞰する三世一体カオスを成せり

紀州白浜に遊ぶ

令和五年一月号「風」No.２１４　日本歌人クラブ

白浜の沖を朝日が直射する浜辺に迫り吾を包めり

薄絹のベールの如き白浜を全て削ぎたる引き潮の波

風紋も千鳥の跡も流されて真白なる浜ただ広広し

浅瀬にて大の字となり天を見る無想の中に漂える吾

早朝に初老の男塵拾う白浜に散る若さの残骸

道東の旅

春の雪知床五湖に降り注ぐ聖地を包む絹のカーテン

灯台の赤い光に照らされて波頭がうなる知床の闇

カルデラの湖深く澄みわたりカムイヌプリを映し出したり

霧が散り樹氷の木々が際立ちぬ摩周湖守る神々の如

屈斜路湖丘より望むパノラマに溶け込みてゆくうつなる心

札幌の雪

北に伸びる街灯の列あかあかとカムイの国を果てなくてらす

北天の小熊星座に問いてみん我等の星の色は何色

雪塊が泥を含みてくろぐろと魔物の如く道を遮る

厳寒の夜空に光る三日月は吾を襲えるサーベルの如

高層のビルを流れて雪が落つ天空よりの聖水となる

雪の湯西川

粉雪が踊るワルツの輪に入り冷えた心を浮き立てくるる

粉雪が月光の下乱舞する生きた証しを確かめるごと

陽を浴びて氷柱の刃煌めきて積りし雪を一刀両断

白のみの野のカンバスに対峙せり描かんものは白白真白

窓の外無声映画のワン・シーン主役は雪かそれとも闇か

鳥海山

山裾を幽雅に曳きつつ海に入る鳥海山は端然と立つ

雪渓が夕日に映える鳥海山萌葱の裾野いと広広し

水田に映れる逆さの鳥海山冠雪の峰早苗を覆う

卯波立つ荒れたる海を睥睨し神気を発す大物忌神社

出羽富士の山頂目差し直走る(ひた)ブルーラインは本日開通

那須牧場

絵を抜けてペガサス天に戻り行く赤々光る星の牧場へ

手綱切り那須の原野に駆けて行け若駒そこが君のパドック

つながれし悍馬の怒り収まらずひたすらに蹴るきゅう舎の土を

パドックに鋳型となりて残されし蹄の跡に雪降り積もる

丘陵をゆるやかに行く馬三頭ダウン症の愛児を父母（ちちはは）守りて

那須高原・秋

風が鳴る馬もおびえて低く鳴く那須高原に冬近きとき

妻と立つ寒風強き那須の丘落葉は舞いて吾らを包む

遠く見る初冠雪の奥白根青空を背に鎮座するごと

琥珀色の銀杏の落葉を手に取りて裸身となりし大樹をいとう

微酔(ほろよ)いて李白を吟じまた一杯吾に友なし妻が侍りぬ

鬼怒川温泉・冬

両岸の雪を削りて流れ来る鬼怒の源流辿り行かんか

渓流の音染みわたる闇の中大粒の雪が風に舞い散る

悠久の墨絵の中に我は在り雪降り続く闇のカンバス

雪光るライトアップの大木に鶺鴒(せきれい)一羽羽根を休める

雪積り枝しなやかに弧を描き弾性率は最大となる

冬の日光

早春の男体山はかがやけり紺碧の空背にして鎮座す

近づけば男体山は荒荒し修験者ならぬ吾はおそるる

たおやかな女峰の山に雪が舞ぃショールの如くまとい付きたり

男体と女峰をつなぐ稜線が夕日を受けて赤く染まりぬ

音もなく戦場ヶ原に雪が降る老木の眠りしずかにあれよ

奥日光ドライブ

瀑布ありて青き空より直下せり緑を裂きて地をえぐりつつ

陽が昇り木々凛としてみどりなり精気が満ちる日光連山

冬を生き今緑なるシラカンバ白き木肌が湖畔に光る

雷雨止み山の緑がいや増しぬ二羽の鶯甲高く鳴く

緑濃き山襞に見る残雪は吾のこころを奮い立たせり

鬼怒川八月十五日

雨強く鬼怒の流れは嗷嗷（ごうごう）と爆撃機の如し終戦記念日

対岸のキャンプのテント揺るぎなく大雨弾き子等を守りぬ

闇の中濁流の音いや増しぬ吾を川底に引き込まんとて

岩を越え中洲を覆う激流は遥か下流の街を襲うや

夜が明けて川の流れは弱まりぬ鶺鴒（せきれい）一羽岩に飛び来る

足利ワイナリー収穫祭

ココファーム丘一面のココファーム葡萄畑が空に溶け込む
秋空を背にし広がるココファーム集う人々ワインの妖精
羽根を付け天使のような売り子達丘の斜面を飛び行く如く
胸深く新しき酒染み渡るハンディキャップは至高の酵母
目を閉じて香りをふかく味わいぬ寡黙な農夫が育てしワイン

伊豆大島

ジェット船朝凪の海を疾走す三原山頂御神火見えず

忘れまい全島民が離島せし昭和の大噴火島が火の中

数万年堆積したる火山灰切断地層は年輪のごと

噴火せしマグマが山を覆いたり全てを焼きて黒砂漠となす

日がかげり火山の島を離れたり三原神山黒黒として

遠州灘

東の雲貫きて陽が昇る大海原にラダーが掛る

果てしなき水平線に見入りたり地球を翔るパトスを持たん

海猫が声を上げつつ急降下魚群を襲う銃弾の如

夕凪の遠州灘を南下する大型タンカー茜に染まる

サンセット分厚き雲に陽が隠れ夕凪の海は闇に溶け入る

白米(しろよね)千枚田

能登の空鳶(とんび)が大きく旋回す棚田の稲を見守る如く

五月晴れ水を湛えし千枚田鏡となりてひたすら青し

田植機も入らぬ狭き棚田なり手植の農夫苗いとおしむ

鍬を打つ狭き棚田はかがやけり地中の虫よ春だ目覚めよ

千枚の棚田が海へ連なりぬ苦しみ全て海に溶かさん

東尋坊

ラ・メールの海の煌めき想いつつ黒き波打つ海辺に歌う

日本海柱状節理の岩壁が波に抗い風に抗う

落日も厚き雲にて遮られ波黒々とのたうつ如し

絶壁の真下に寄せる白波は霊気を発し吾を拒めり

薄墨の空と海とを見比べつつ露天の風呂に四肢突き上げぬ

沖縄

北谷（ちゃたん）なるホテルに在りて酒を飲む嘉手納へ向かうヘリの音聞き

妻と見る海の彼方にまた一機白雲裂きて基地へ飛びゆく

海岸をただひたすらに走る兵戦火の恐怖を断ち切るごとく

建設の重機が浜に林立す戦禍の証し埋め立てんとて

雨激し海原に立つ水煙銃撃さるは反基地の声

機上にて

機上にて杜甫を読みつつまどろみぬ眼下は黄土モンゴルの原

夢心地モーツァルトのロマンスに機上の吾は漂うごとく

夢現(ゆめうつつ)天平美人を思わせるスチュアーデスが吾に微笑む

琥珀なるワインが喉に沁みわたる旅の終りの機内の吾に

避け難き日常の地へランディング機体も吾も惑いを払う

チェコ紀行

カレル橋物乞う人がうずくまる天を指差す聖者の真下

空虚なる王宮守る衛兵は歴史の中に身動(みじろ)ぎもせず

肖像の眼光失せて虚ろなり王の広間に舞う人もなく

見世物と〝変身〟したる小屋に入る実存せざるカフカの想い

夢の中ソヴィエト戦車に立ち向うプラハ市民と吾共にあり

キューバ紀行

「老人と海」を読みつつまどろみぬカリブの海辺ラムのカクテル

紺碧の空を映せるカリブ海「老人と海」は現実の如

年老いた漁師と化した白雲がカリブの空に大魚を追えり

コヒマルの漁港に立てるヘミングウェイ愛艇ピラール号眺める如し

大の字となりてカリブの空を見るあまりに青し海底の如

アメリカ追憶

雪の日はホワイトハウスを思い出す妻と訪ねしクリスマスの夜

雪の舞うホワイトハウスのクリスマス凍える妻の手を握りいき

ナンシーの飾りし部屋は晴れやかにウェルカムの声響きたるごと

雪の中ホワイトハウスに向かう群れアメリカンドリームははるかに遠く

高々と雪の塊持ち上げて遠くに投げし若き日の夢

過ぎし日

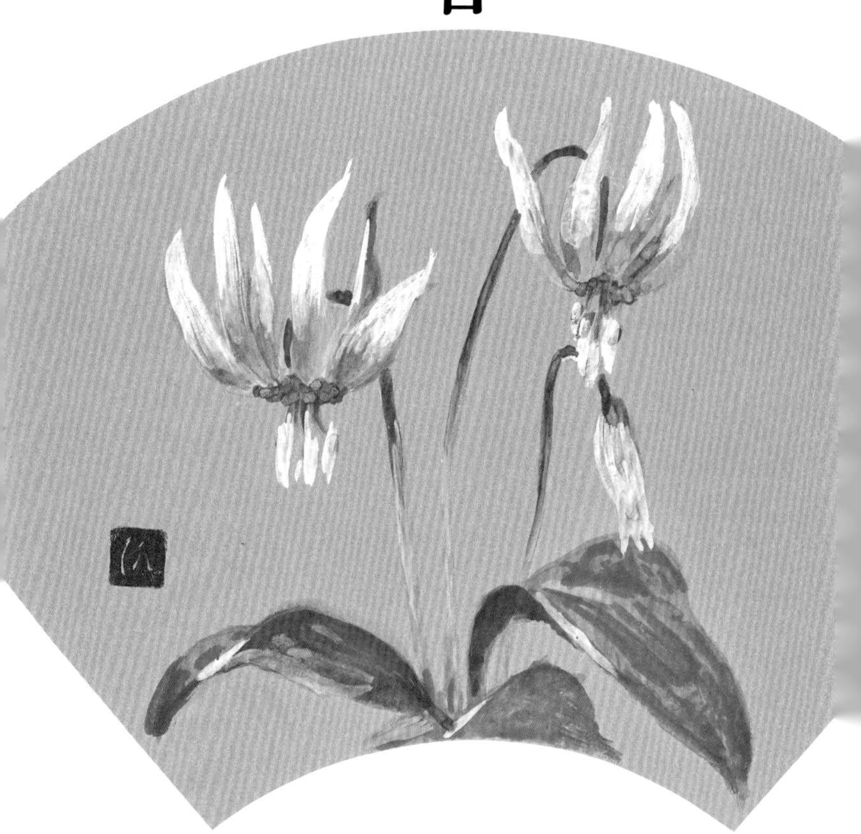

佐呂間の母

医学書に混りて並ぶ季語辞典卒寿を過ぎし母の伴侶や

平成二十五年度ＮＨＫ全国短歌大会入選

卒寿過ぎ医院を閉じし母訪ぬサロマ湖照らす夕陽を背に

平成二十三年度ＮＨＫ全国短歌大会入選

コロナ避け妻一人にて見舞いたり痩せたる母の眼力強く

弟よ

京に行く新幹線で二時間余ただ弟と飲むために

母を継ぎ町医となりて半世紀吾が弟も喜寿を越えたり

バイクにて往診をせし母の如大和路駆ける吾が弟よ

妻の眼

病室に手術の終り待ち侘びる日差しは強く時のみが過ぐ

帰室して微笑み返す妻の顔左眼覆う眼帯白く

病室にコンビニ弁当持ち込みて妻に問いたり取り替えようか

妻の眼に入りて己を眺めたし不安に足掻く外科医たる吾

抜き足で眼科病棟後にする面会時間を過ぎていたれば

腰の手術

麻酔醒め激痛が腰部を貫きぬ妻の名を呼び耐えに耐えたり

病室の天井を読み幾時間朝日差しきて吾を慰む

歩きましょう優しきナースの声さえも剣となりて吾が腰を刺す

コルセット巻きてベッドに横たわる丸太の如き吾は空なり

手術受け患者となりて過す日々医師たる吾の目線が下る

がんを生きし友

医師なればがんに耐えつつ君は行く患者の待てる緩和病棟

避けられぬがん死を見据え君は言うがんで死ねたら幸せと思い込む

痩せ細りし太腿をさすり呻く君がん死の恐怖今襲い来る

柔らかき瞳の奥に吾は見しがんに向かえる友の覚悟を

ベッド上尿瓶に素早く尿を出し吾に向かいて微笑みし友

診療の日々

刺青ある胸に置かれし聴診器ぶるる事なく心音伝う

傷口の縫合の糸抜き取られ走っていいぞサッカー少年

臍上の一直線の手術創十年を経て消え去るばかり

下腹を隈無く探る指先が冷たく潜む腫瘤に迫る

胃カメラのカラー写真に見入りたり病無き胃のつややかにして

パンデミック

コロナ禍は貧しき者に厳しくてアフリカの民は暴徒と化せり

命には軽重などは無きものをトリアージする医師の苦悩よ

無人なるグラウンドの灯煌々とコロナに抗する満月の如

コロナ禍に我が死生観揺らぎたり死の訪れは偶然にして

現実はあまりに重し　with Corona　マスクが覆う妻の微笑み

早朝の公園（一）

公園に老人独りギター弾く黄葉を映す水面見つめて

青春の追憶既に追い越して吾グラウンドをひたすら走る

天に向き垂直に立つ大銀杏葉を削ぎ落し裸身を晒す

今日も見ずベンチにおりし若き人病いを得しか恋を得にしか

跛行して歩ける人に寄り添いて老いしチワワも共に歩めり

早朝の公園（二）

朝日受け黄葉煌めく大銀杏樹齢六十翳りは見えず

白き犬紅く染まりて疾走す小川流れる楓の小径

曲響き集える人が輪となりて十年一日ラジオ体操

飼い主の体操姿を凝視する不動の犬をハチ公に擬す

緑なる木立に一輪寒椿寒気に沈む吾に点火す

老いの散歩

新緑の樹陰の読書断たれたりゲートボールの人声高く

痛みあれば目線を下げて歩みたり空を彩る新緑想い

いきおいをつけて一歩を踏み出せり平行移動は至難の技ぞ

新緑に小鳥の羽音確かめつつ木洩れ陽の中ゆくりと歩く

突然の腰の痛みに座り込む一人静に救いもとめて

秋の風景

逆らいて紅葉もせずに緑なる真直ぐに伸びる木々を仰げり

天頂に白き満月残り居て昇る朝日を迎えて消えつ

寒風が柿の紅葉全て剥ぎ鳥も食せぬ実を曝しおり

満月に映える銀杏の老木は守護神の如我等抱きぬ

朝日受け煌きそよぐ大公孫樹見上ぐる妻に黄葉がそそぐ

雪の朝

新雪を融かすがごとくパンジーは赤き花びらけなげに開く

粉雪が牡丹となりて降り続く送電線を断ち切る如く

過し日のオートキャンプがよみがえる雪積もる中トランプ楽し

孫よりの不合格なる報せあり大きく重き雪の降る朝

若人よまた歩み行けひたすらに明日雪融け朝日が昇る

冬の月

赤き月千光年の光なりレーザー発し吾に迫れり

青白き三日月のもと横たわる難民の子をわれは思いぬ

サーベルと見紛う鋭き三日月を奪いて闇を切り開かんか

緩やかに膨張しつつ月昇る吾が煩悩を全て包みて

海に浮く上弦の月もの悲しハープの如き音を奏でて

新緑

山を視るただひたすらに山視つつ燃え立つ山に老いを対峙す

萌え出せる木木の命は強くして暮れゆく空も濃き緑なり

新緑の中に山藤慎ましく浅紫に香りを保つ

新緑を映す山辺の清流に吾が雑念は溶け入りて消ゆ

湯を囲む岩の躑躅(つつじ)も上気して一輪一輪湯に入り初めぬ

都市空間

蒼天を高層ビルが切り刻む自然破壊の極限と見る

暗雲が白く連なるビルを飲む復讐するは天にあるかな

雨を吸い高層ビルが膨化して自爆に向けて歩み始めり

磨きたるビルの硝子に映りいる車も人も皆歪なり

貸しビルと書かれし新の巨大ビル鴉と鳩の住処となりぬ

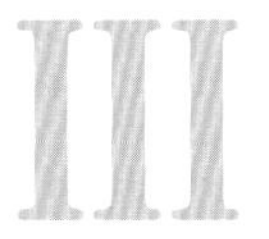

III

歩み行く日々

追悼　長田弘

静謐なひとときを得る楽しさにその詩を読みて半世紀が過ぐ

詩の中にちりばめられし生きる意志長田弘の最後の詩集

若き時「死霊」の闇の深みより吾飛び立ちぬ澄みたる海へ

アッティカの少女を詠みし長き詩あり古代の死者に寄り添う如く

死を想い半酔の中朗読すシシリアン・ブルー青の世界を

小口一郎版画展

荒刷りの小口の版画吾を撃つ足尾鉱毒民の姿に

官憲が谷中の民を打ちのめす「土百姓奴」「土百姓奴」

佐呂間なる栃木部落に人もなく鉱毒移民の怨念が凍つ

正造の遺品は唯の二つなり帝国憲法新約聖書

水俣と足尾を繋ぐ苦海には民の屍累累と浮く

わが寺山修司（本歌取り）

幻想の祖国を求めマッチ擦る明日に世界は粉々になる

夢破れ朽ちたる者よ老人よ静かに下ろせサンドバッグを

時計台の汚れし壁に書かれたる「大学解放」消されて久し

年老いし夫婦が静かに過すのみ雨の六・一五何事もなし

老いて読めば修司の歌は何気なし若き日の吾何故に熱狂

3・11以後（一）

震災に萎えたる心重くして大海原に沈みいるごと

制御不能核分裂は永遠に安全神話を暴き続けり

帰り来る救援車輛の長き列ライトが照らす支え合う国

今日もまた震度3なる余震あり3・11の恐怖を刻む

悲しみを悲しみとして耐えて生く怒りに転化することなしに

3・11以後（二）

原発の新刊今日も読みふける心の闇は深まるばかり

敦賀なる原発近き居酒屋に蟹食いたり冬厳しかり

現実がフィクションよりも重くあり古希前にして吾立ち尽す

原発の輸出を決めし政官財忠恕の心ウランに溶かす

チェルノヴイリの大惨事を再現するか四半世紀後のフクシマ原発

三陸道

新造の漁船が波に漂いて再生謳う気仙沼港

コンクリに固められたる防波堤蒙古襲来に備える如し

低地には浸水地域の標示あり三陸道は復興半ば

公園の朽ちたベンチの背に残る「未来のエネルギー女川原発」

石巻の海岸沿いに立てる家海に向いて慟哭止まず

雷

のっぱらに幹黒々と古木立つ落雷受けて十年が過ぐ

稲妻が雷神様の筆となり直走りたり闇のキャンバスに

絶え間なく雷の音轟(とどろ)きて雷都と言える宇都宮のまち

夕立の空を切り裂き雷が砲撃始むB29の如

雷が吾の頭上に居座りぬ老いの怠惰を叱るが如く

金環食

空騒ぎのテレビを消して妻と吾路上に出でて天を仰ぎぬ

フィルターを通して見える金環は大きな虚無を包みて光る

刻々とむしばまれゆく太陽に吾が人生を重ねるしばし

陽がもどり鳥の飛び交う天空に母にも似たる白雲浮ぶ

日食を天変と見る心には原発事故は地異の終章

アサギマダラ

涼風に旅する蝶がとびゆけりアサギマダラは何処を目差す

蜜求めアサギマダラが降り立ちぬ薄むらさきの花に誘われ

透き徹る翅を大きく開く時シャターチャンス妻よ焦るな

この蝶が沖縄までも飛ぶという父母の古里宮古まで行け

四月なる命の限り予感せるアサギマダラは遥か飛び行く

草木の受難

春の夜のライトアップの虐待に色も褪せたり桜の大樹

木蓮も辛夷もそして桜さえ切り倒されし公園無惨

生生しき切株続く散歩道桜の精霊いづこに潜む

切株に刻印されしナンバーは墓標のごとく光りていたり

黒黒とソーラーパネルが覆いたるコスモスの畑見る影もなく

柿

柿の葉はパレットの如とりどりに赤黄緑と色を染め分く

大小の虫食い模様おもしろく柿の落葉を集めて歩く

教わりて妻が画きし柿の実は今が食べ頃つややかにして

柿の木の最後の一葉打ち落とし秋に見切りをつけたくおもう

鳥も食わぬ渋柿だけが木に残り夕暮の野に黒き影さす

薔薇

大輪の真紅の薔薇が咲きており貴婦人の如陽光の中

微かなる風にそよげる薔薇の花プリンセスミチコ手を振る如く

引き寄せし白薔薇のとげ指を刺し紅く染まりぬ花の一片

原色の薔薇の花花眩しくて思わず探す色褪せし花

名も知らぬ薔薇の香りに目を閉じぬ二十の頃の妻を想いて

河津桜

芳しき桜の香り立ちこめてバギーに眠る乳児安らか

寒桜木漏日を受け紅く染む染井吉野はひとつきも後

両岸の桜並木を避けて咲く白梅可憐吾は愛でんか

蒼天と白波高き海を背に桜の大木役者の如し

陽が陰り桜の紅も移ろいぬ残余の日々を妻と歩まん

薪能

幽玄の舞台をたちまち雲覆い嵐となりぬ輪王寺の庭

闇を焼き大松明を担ぎ来る黒衣の一群僧兵の如

傘を差し井筒を舞える玄洋の幽玄世界嵐を圧す

千余年伝わる秘曲舞う僧に慈覚大師の仏心宿る

幽玄の美に囚われし我等には雷さえも囃子のごとし

シャンソン

二杯目のレモンスカッシュ分け合いて妻と聴きたり銀巴里シャンソン

シャンソンに古希過ぎたわれ蘇る激しき恋の歌口遊み

ＣＤのピアフの熱き歌声よ遥かなる日のパリ祭燃ゆる

反戦の歌ともなりぬシャンソンはムスタキの叫びＨＩＲＯＳＨＩＭＡ（広島）の歌

鼻母音のやさしく響くシャンソンにわれ魅せられて仏語も学ぶ

ふるさと奈良（一）

水田に遠い昔の祖父を見し医業は終に生業(なりわい)とならず

ひろびろし水田に映る青き空ふるさとならば薬師寺の塔

晴天を映すカンバス裂くごとくカルガモ一羽水田を走る

縦横に規則正しき苗の群等しく受けるナチュラルエナジー

畔道に馬酔木の花がにおい立つ春日の野辺は昔の如し

ふるさと奈良（二）

遠く見る大和三山雲の如いにしえの空に漂いており

今もなお阿吽の形相凄まじき金剛力士南大門に立つ

夕闇に五重の塔のシルエットやや傾むきて歴史支える

群を拒み山頂に立つ牡鹿あり鋼（はがね）の如き角重々し

苔を踏みまた参り来し秋篠寺古老が守る色あせし堂

原爆忌

やまかがしアスファルトの上でとぐろ巻く原爆忌の炎天下身動ぎもせず

不安なりあまりに青き夏空に自衛隊機の編隊が行く

手に取れば空蟬吾を見詰めたり短き命悲しかりけり

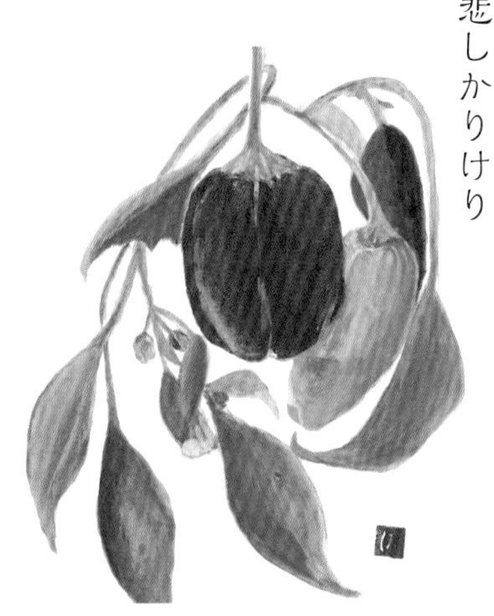

奥入瀬を巡る

風を聞き緑を浴びて進み行く奥入瀬の谷十和田湖へ巡る

雪もまた渓流に沿い流れ行く原生の森緑一色

崩落と再生の輪廻果てしなし原生林は青青とあり

老いてなお

古希の朝顔に新たな傷を得る小さくあれど鮮血が飛ぶ

平成二十四年度ＮＨＫ全国短歌大会入選

父偲びゴッホの自画像刺繍せる幅広ネクタイ緩りと締める

平成二十七年度ＮＨＫ全国短歌大会入選

豪雨止むライトブルーの秋空にマンタとなりて吾漂わん

令和二年第二十一回ＮＨＫ全国短歌大会入選

飯代を削りて溜めし父が書を吾売らんとす二束三文

令和三年第二十二回ＮＨＫ全国短歌大会入選

見得を切る山車の上なる弁慶に囃子太鼓はいよいよ激し

令和四年第二十三回ＮＨＫ全国短歌大会入選

野ぶどうの歌

プチーン・プチーン野ぶどうの実が弾(はじ)けたり妻の描きしカンバスの中

本書に収録した作品で注記のないものの多くはＮＨＫ学園短歌友の会投稿歌です。平成二十一年から小池光先生の指導を受けています。

あとがき

二〇〇九年に刊行した『歌集　北極星』の続編を出すことにした。実に十四年振りである。不思議なもので大学を退職してストレスが減った分、感受性も低下した。しかし「短歌友の会」に投稿を続け小池光先生の指導を受けてどうにか作歌を継続できた。歌の対象も変化し以前にも増して自然を詠む機会が増えた。八十路を越えたがまだ惑いも多い。自然だけに目を向けていいのか、現実に厳しく切り込むべきか。もう少し歌を詠み続けよう。

さて故郷を出て六十二年、この間弟夫婦（正興、秀子）は父母を看取り実家を守ってくれている。感謝の極みである、改めて御礼を言いたい。

また学生時代から私を支えてくれた妻佐知子に感謝したい。歌集に挿入した絵もまた私の歌を支えている。

著者プロフィール

砂川　正勝（すながわ　まさかつ）

1943年７月10日生。奈良県出身
1971年　東京医科歯科大学医学部卒業
1993年　獨協医科大学第１外科主任教授
2009年　獨協医科大学名誉教授
2020年　宇都宮記念病院名誉理事長

NHK短歌友の会（2004年入会）
日本歌人クラブ（2015年入会）

著書
退職記念歌集『歌集　北極星（にぬふぁぶし）』（2009年、私家版）

砂川　佐知子（すながわ　さちこ）／挿し絵

1948年２月15日生。北海道出身
1972年　東京女子医科大学卒業

歌集　続　北極星（にぬふぁぶし）

2024年２月15日　初版第１刷発行

著　者　砂川 正勝
発行者　瓜谷 綱延
発行所　株式会社文芸社
〒160-0022　東京都新宿区新宿1－10－1
電話　03-5369-3060（代表）
03-5369-2299（販売）

印刷所　図書印刷株式会社

ISBN978-4-286-24917-9